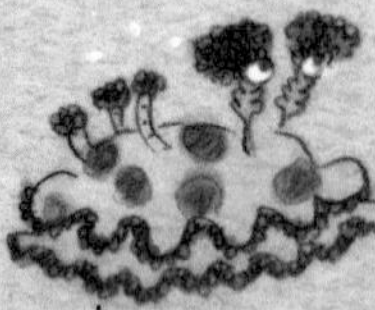

獻給瑪雅

文、圖／若波特·沃特金斯 譯／謝靜雯

副主編／胡琇雅 企劃／倪瑞廷 美術編輯／蘇怡方

董事長／趙政岷 總編輯／梁芳春

出版者／時報文化出版企業股份有限公司

108019台北市和平西路三段240號七樓

發行專線／(02) 2306-6842

讀者服務專線／0800-231-705、(02) 2304-7103

讀者服務傳真／(02) 2304-6858

郵撥／1934-4724時報文化出版公司

信箱／10899臺北華江橋郵局第99信箱

統一編號／01405937

時報悅讀網／www.readingtimes.com.tw

法律顧問／理律法律事務所 陳長文律師、李念祖律師

Printed in Taiwan

初版一刷／2020年08月

初版二刷／2023年12月

採環保大豆油墨印製

MABEL

By Rowboat Watkins

First published in English by Chronicle Books LLC, San Francisco, California.

through Big Apple Agency, Inc., Labuan, Malaysia.

與眾不同的美人魚

作・繪者
若波特・沃特金斯
Rowboat Watkins
譯者
謝靜雯

梅寶奇怪的地方，並不是她的八字鬍。

她爸爸有八字鬍，

她媽媽有八字鬍，

她的姊姊們有配對的八字鬍，

連她還是嬰兒的小弟弟，
也有迷你的寶寶八字鬍。

梅寶奇怪的地方，
是她完全沒有八字鬍。

我的臉
光禿禿的。

梅寶想盡辦法要遮住自己的鼻子，
她套上漂亮時髦的貝殼，

戴上海草做成的
假鬍子，

可是這樣只是讓她覺得自己像小丑。

梅寶不知道什麼是裸鰓，可是如果她就是裸鰓，
那麼她唯一能做的，就是……

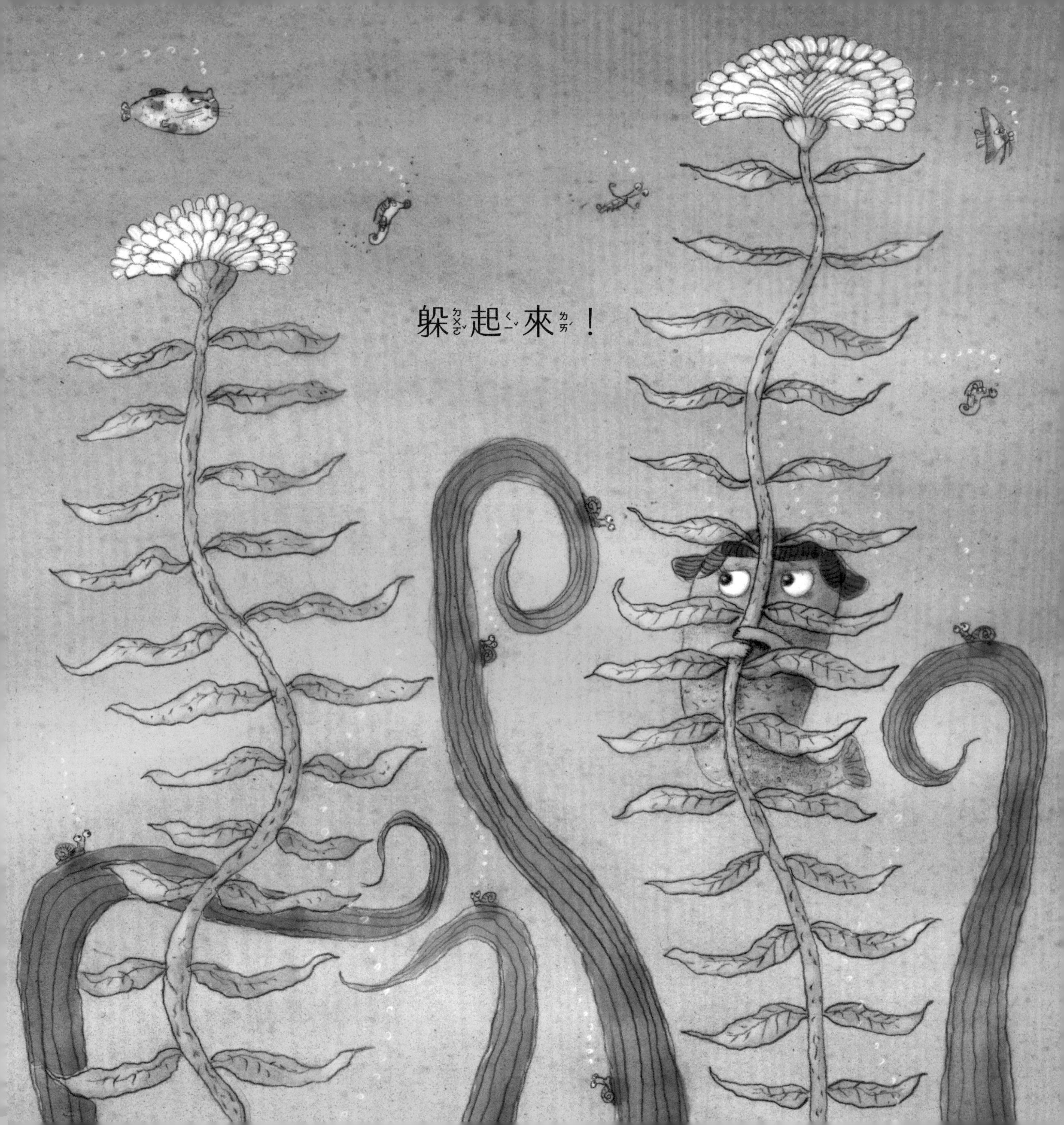

躲起來！

於是她躲進了海床裡面的洞穴，

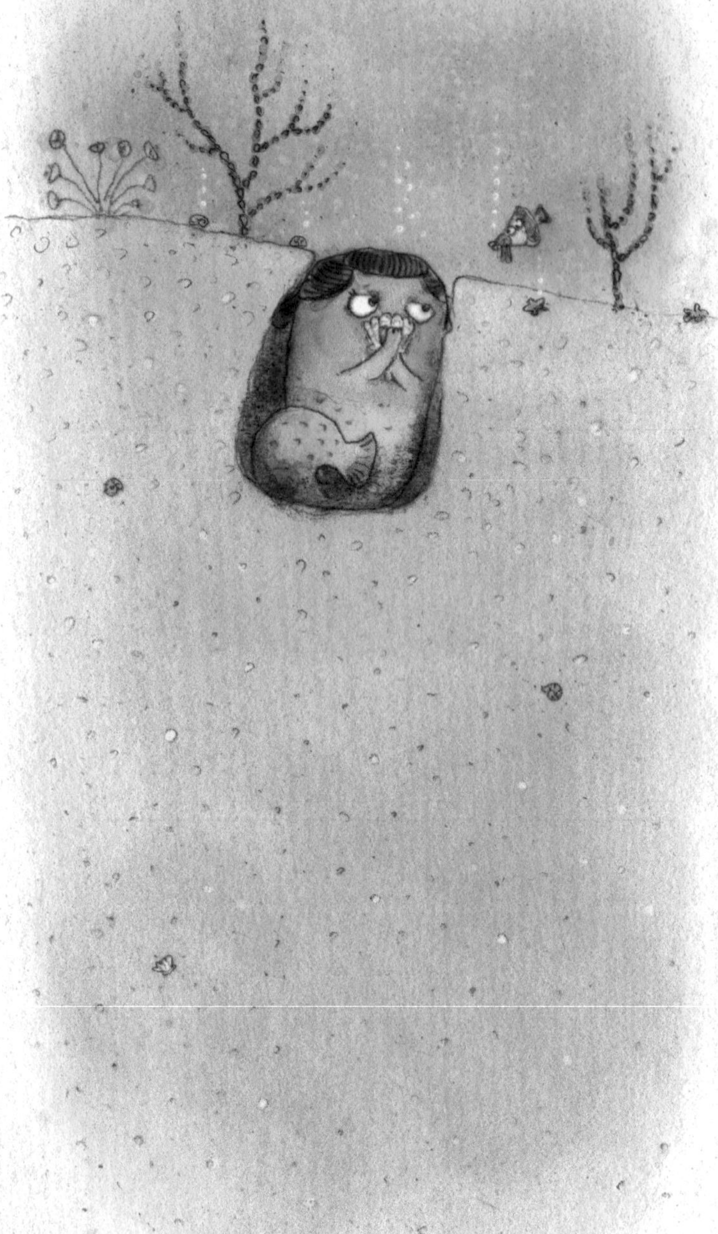

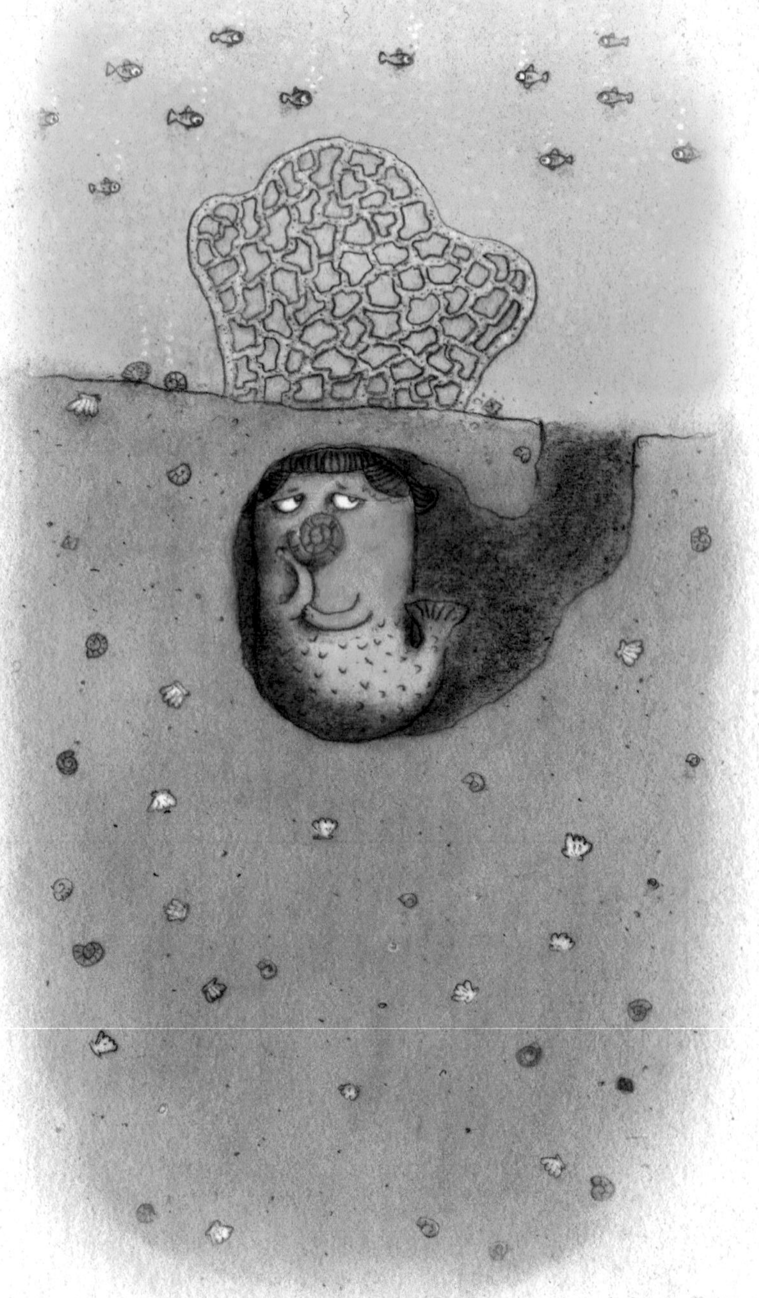

把時間白白浪費掉，

天曉得前後有多久。

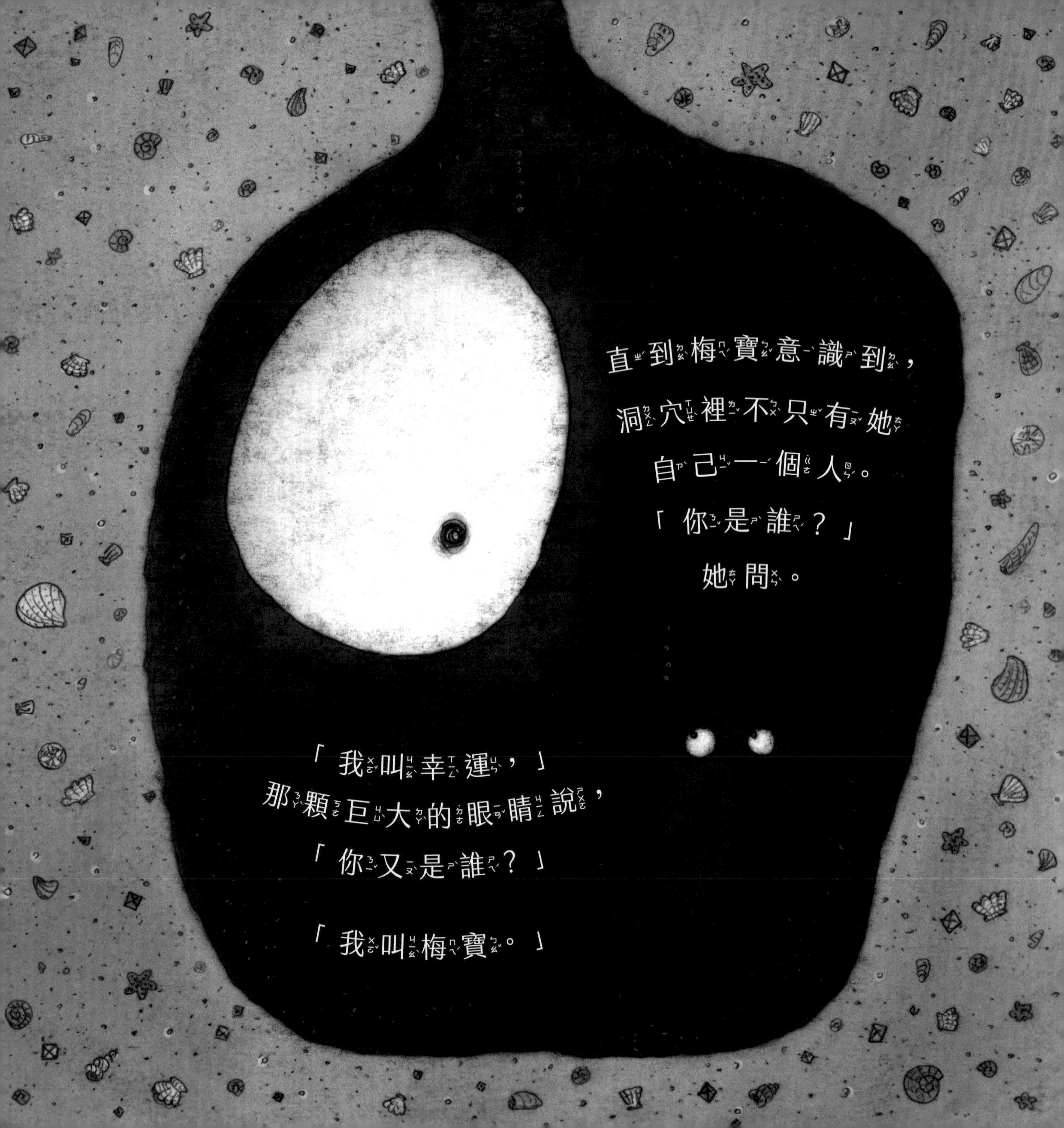

直到梅寶意識到，
洞穴裡不只有她
自己一個人。
「你是誰？」
她問。

「我叫幸運，」
那顆巨大的眼睛說，
「你又是誰？」

「我叫梅寶。」

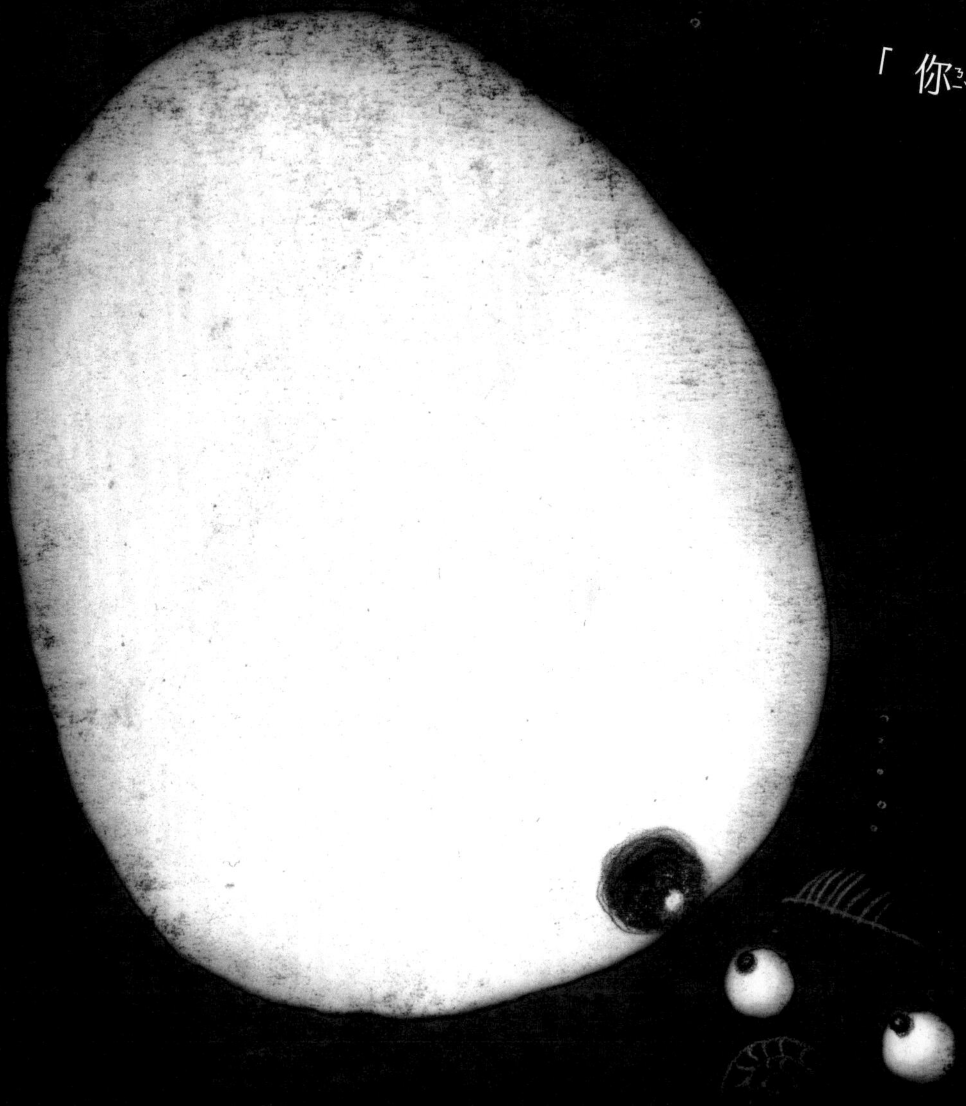

「你為什麼在這裡？」
梅寶問。

「因為我只有
七條腿。」

「聽起來已經
很多了。」

「我應該要有八條腿才對。」幸運說。

「有什麼事是非得要八條腿才能做的？」
梅寶問。

「數到八啊。」幸運說。

「我可以教你怎麼數到八！」梅寶說。

梅寶真的幫忙幸運一路往上數到……

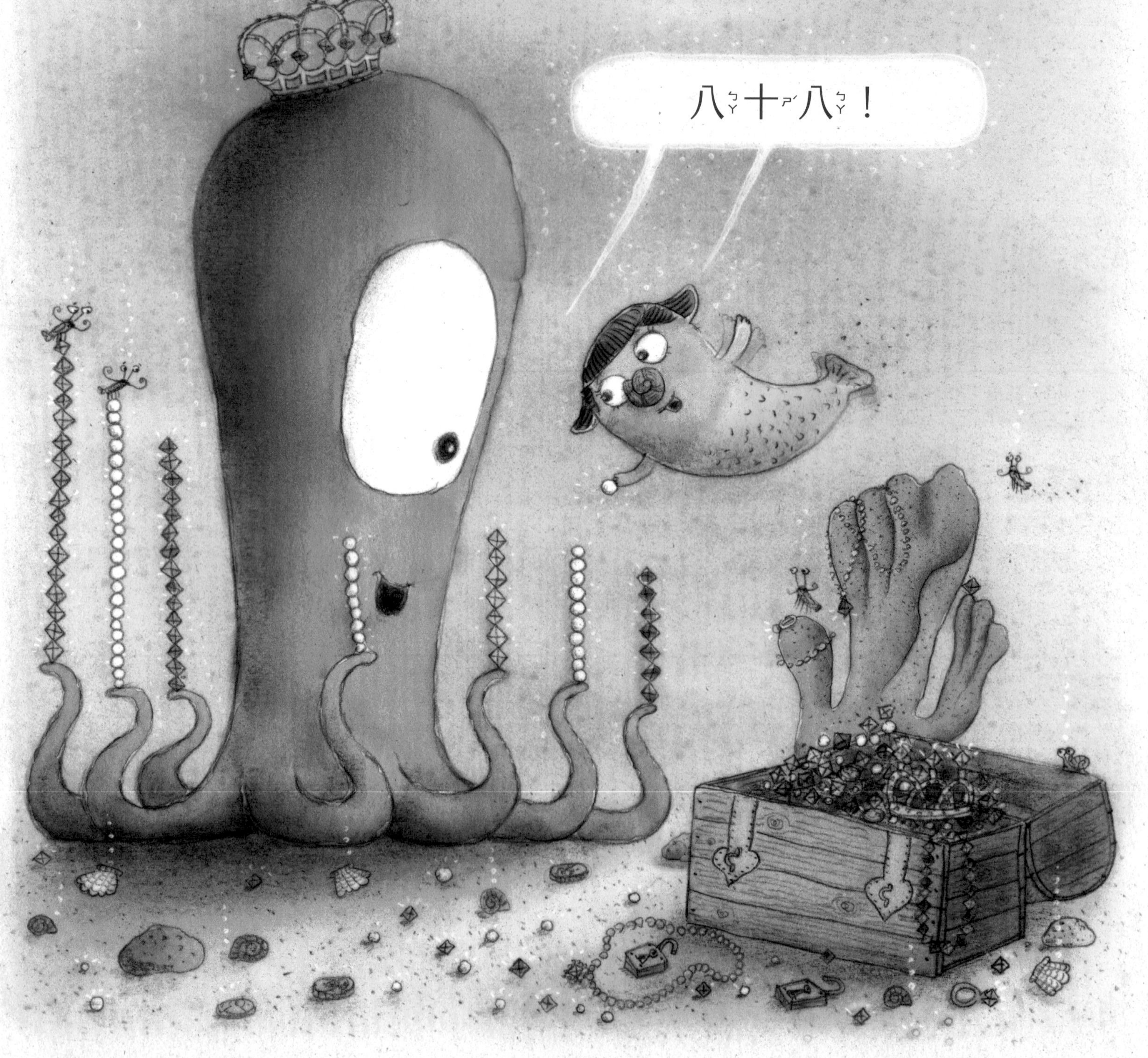

而幸運教梅寶怎麼表演雜耍。

然後他們假裝自己是珊瑚王國的國王和王后。

裸ㄌㄨㄛˇ～～～

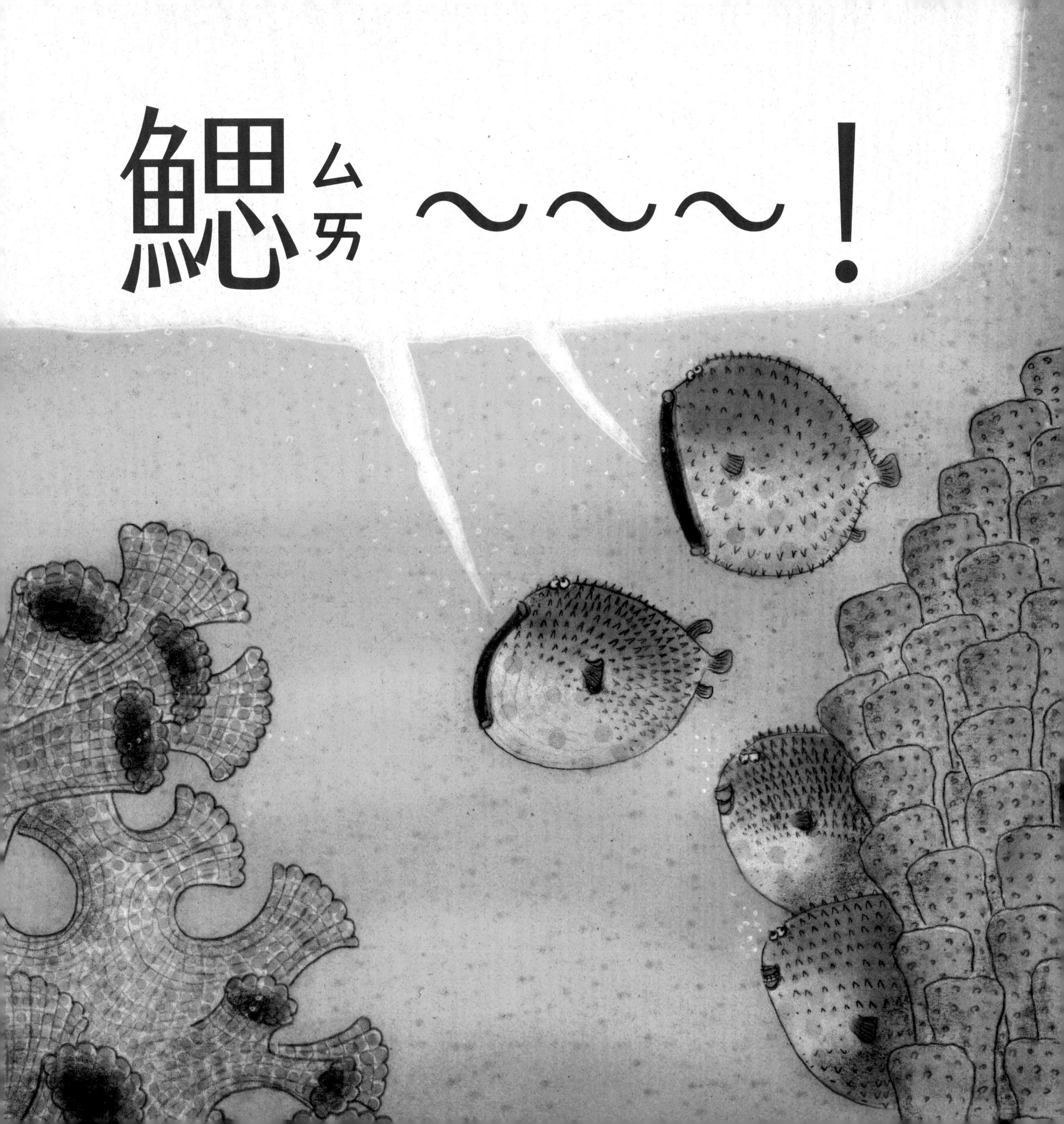
鰓ㄙㄞ～～～！

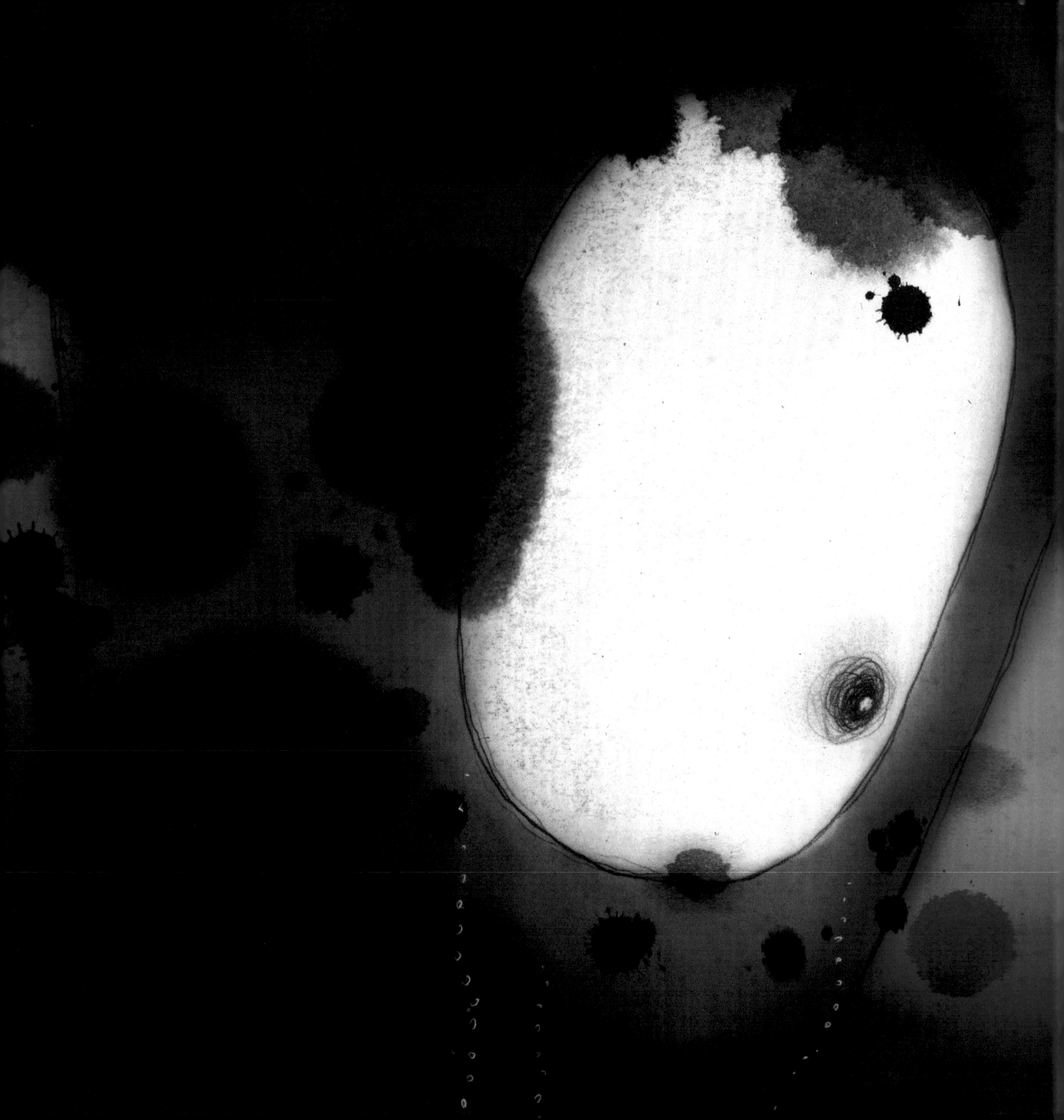

「對不起，」幸運說，「我一害怕就會噴墨汁。」

「沒關係，」梅寶說，「什麼是『裸鰓』啊？」

「裸鰓就是海蛞蝓。」幸運說。

「噢，」梅寶說，「難怪那麼糟糕。」

「他們才不糟糕呢，傻瓜，」幸運說，

「裸鰓最……」

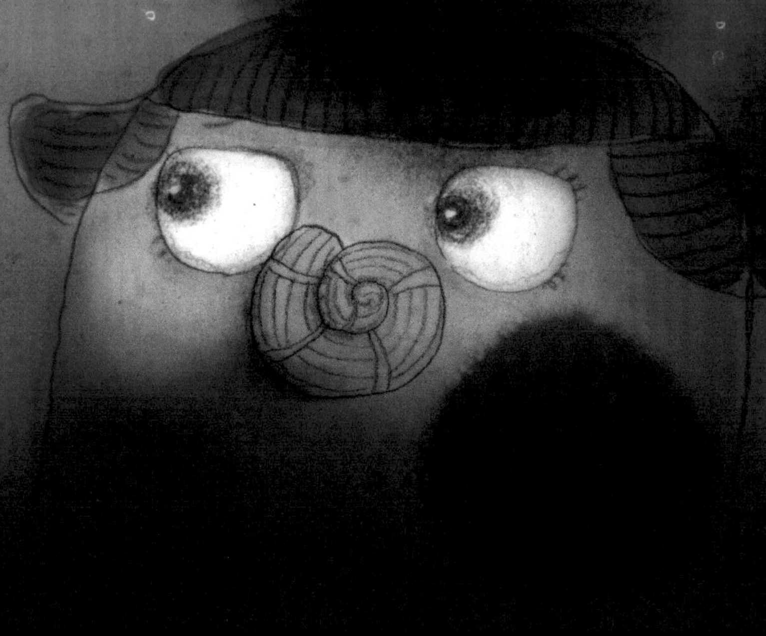

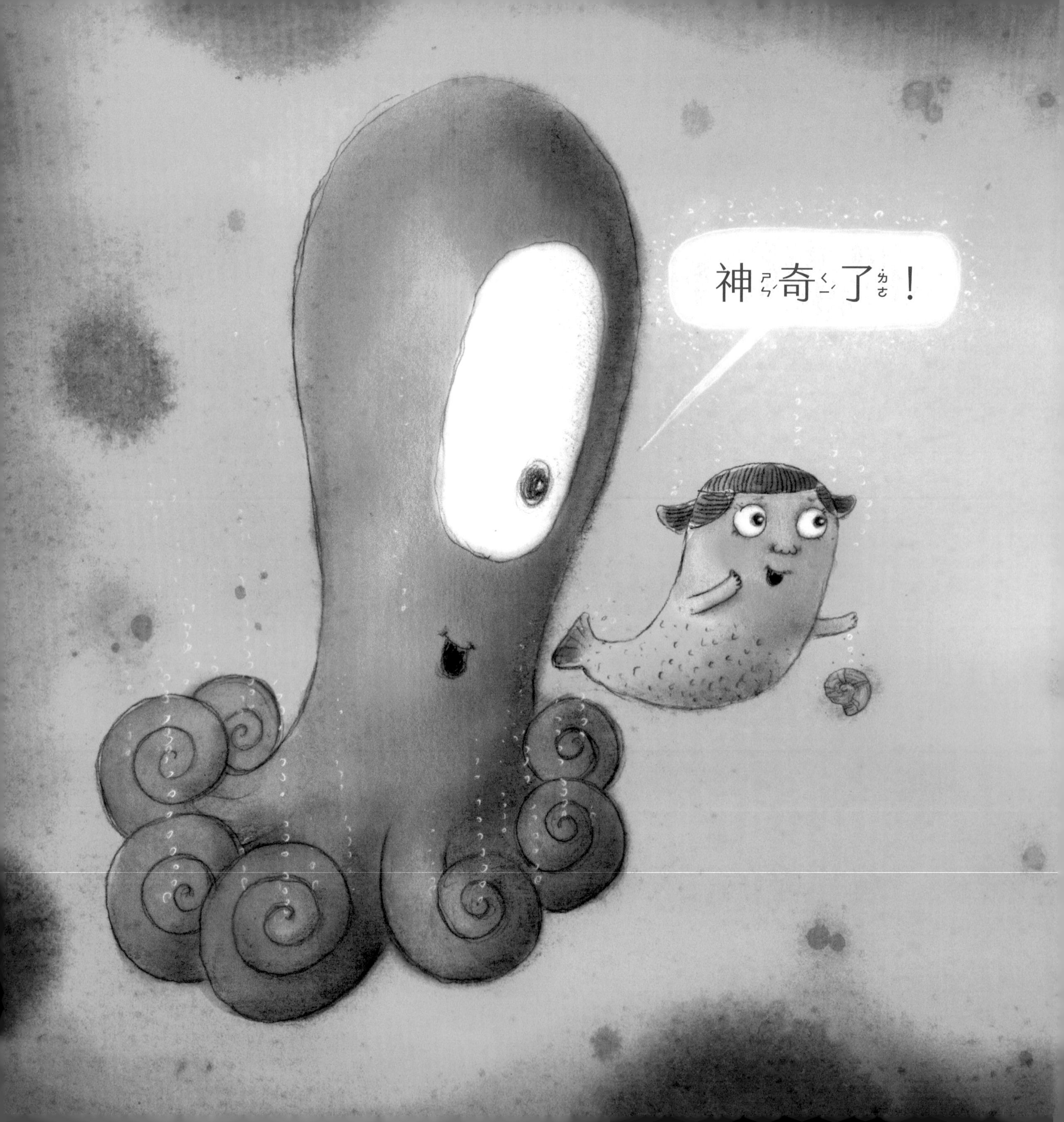
神奇了！

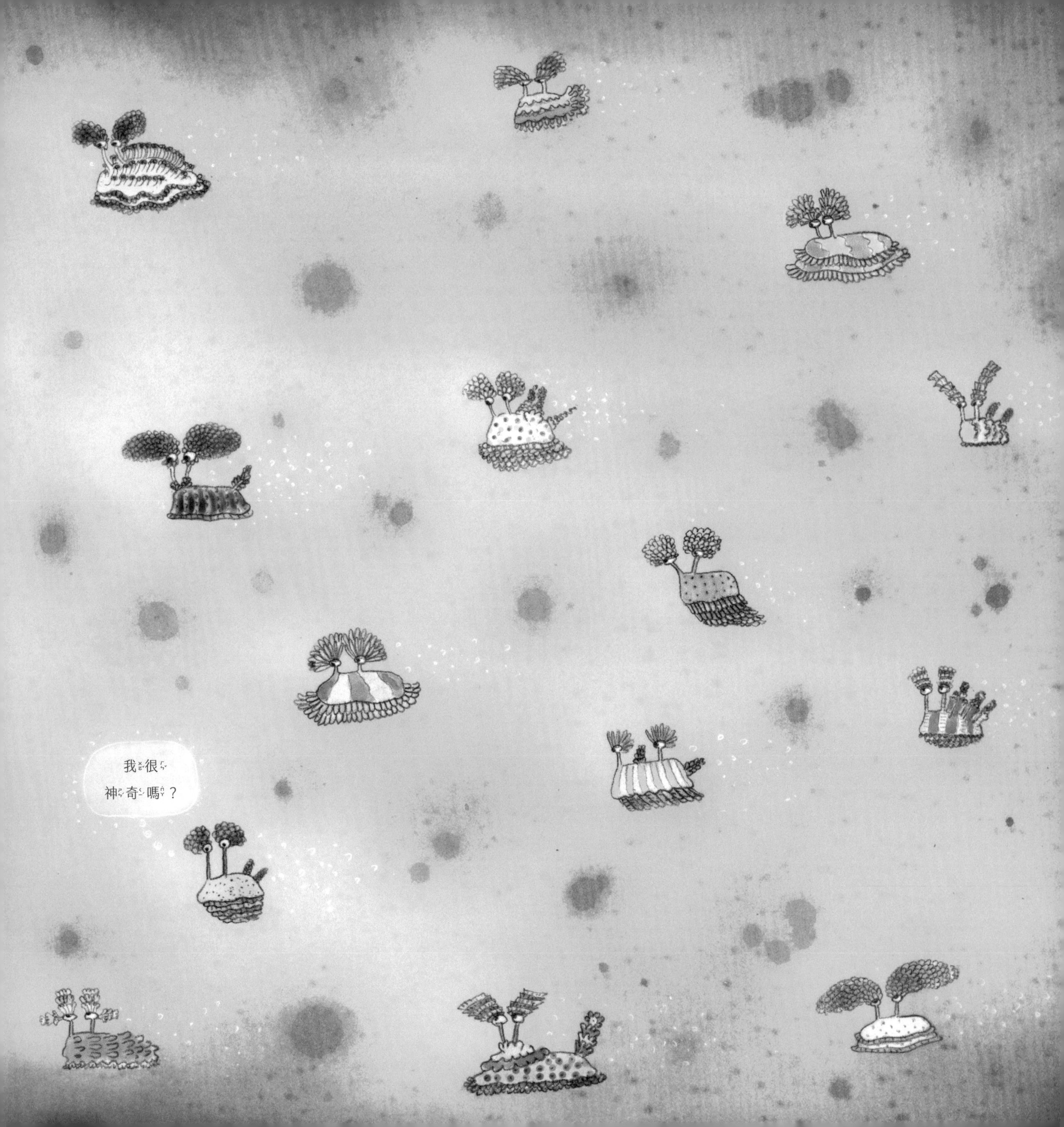
我很
神奇嗎？

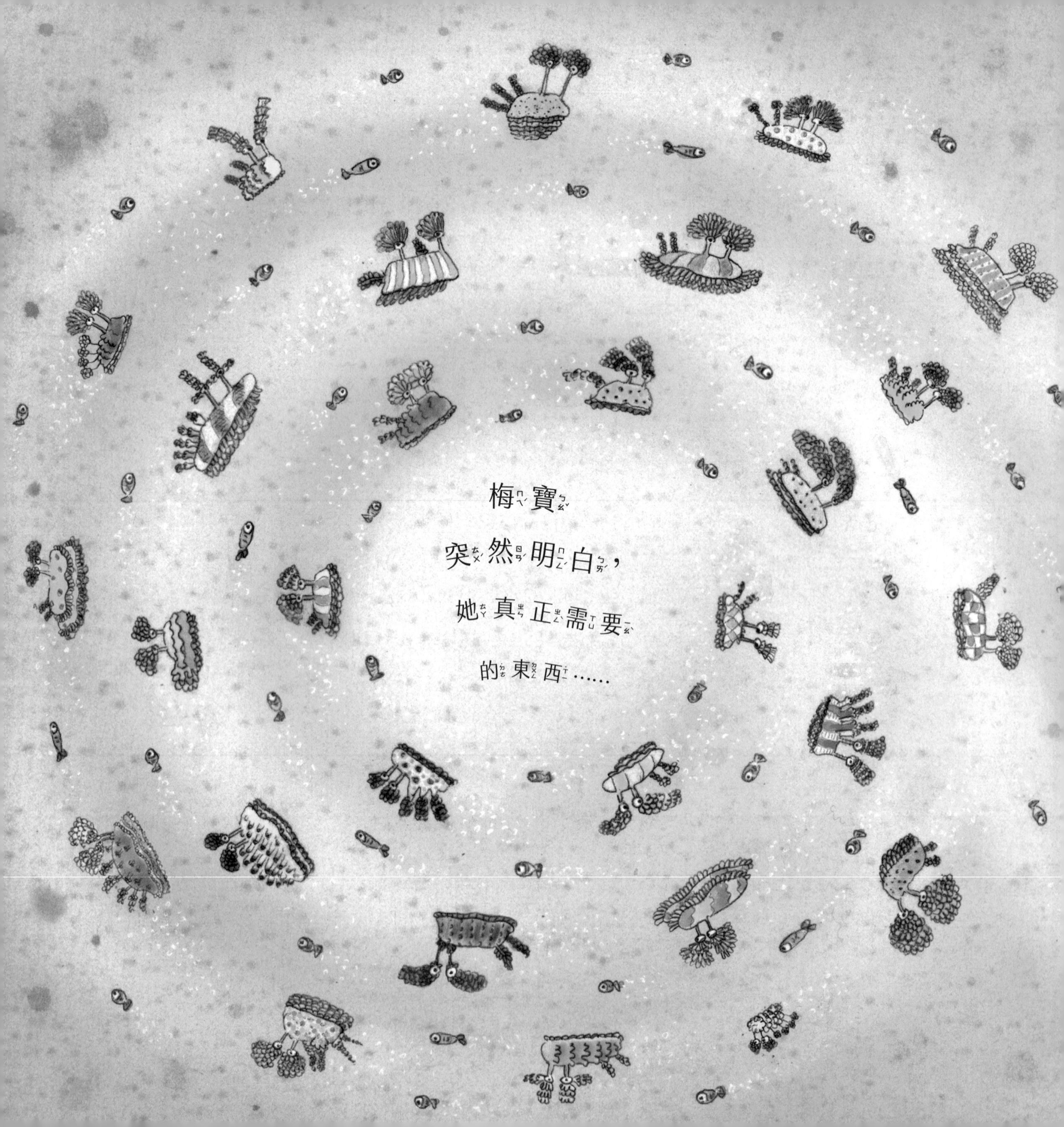

梅寶

突然明白，

她真正需要

的東西……

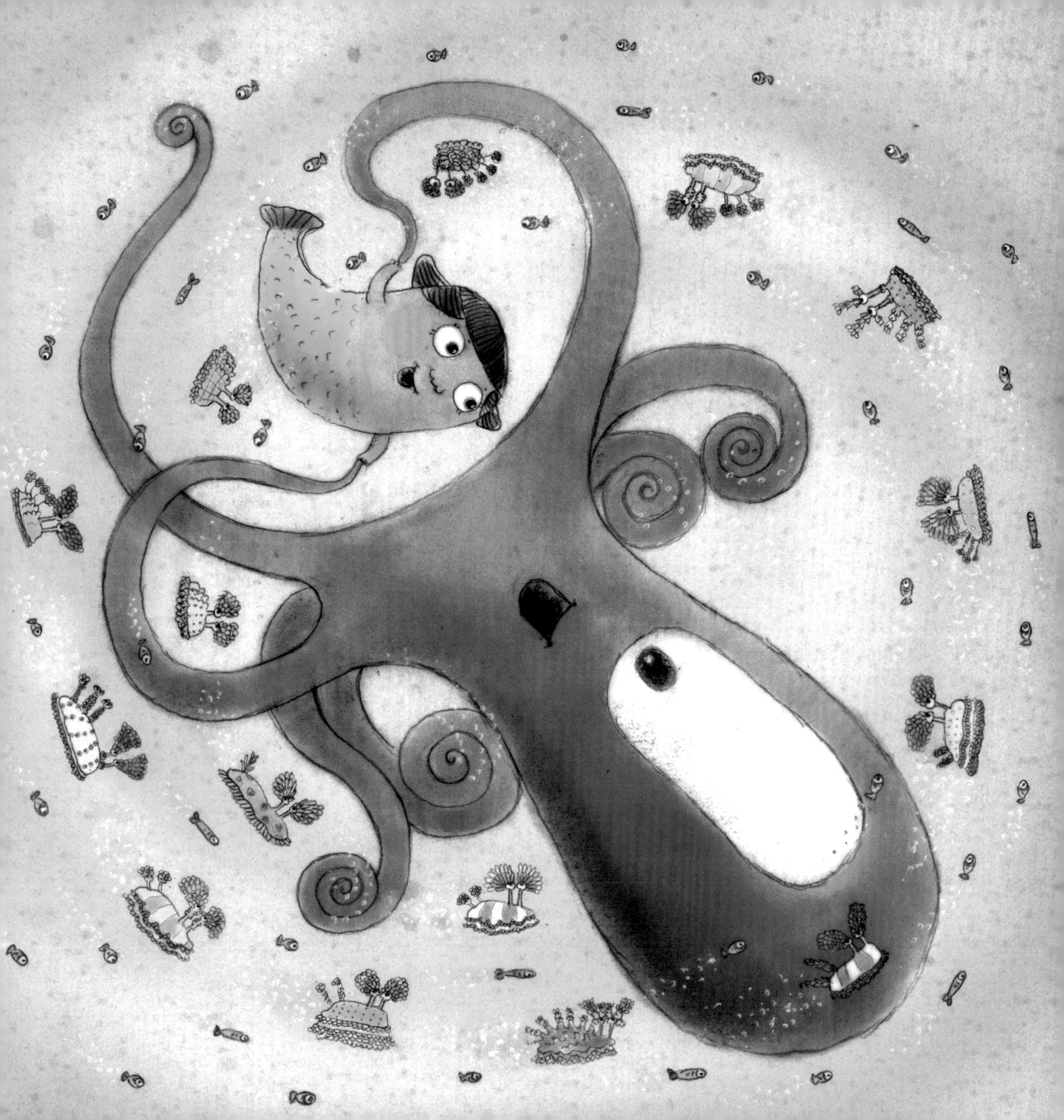

原來早就在自己的眼前。

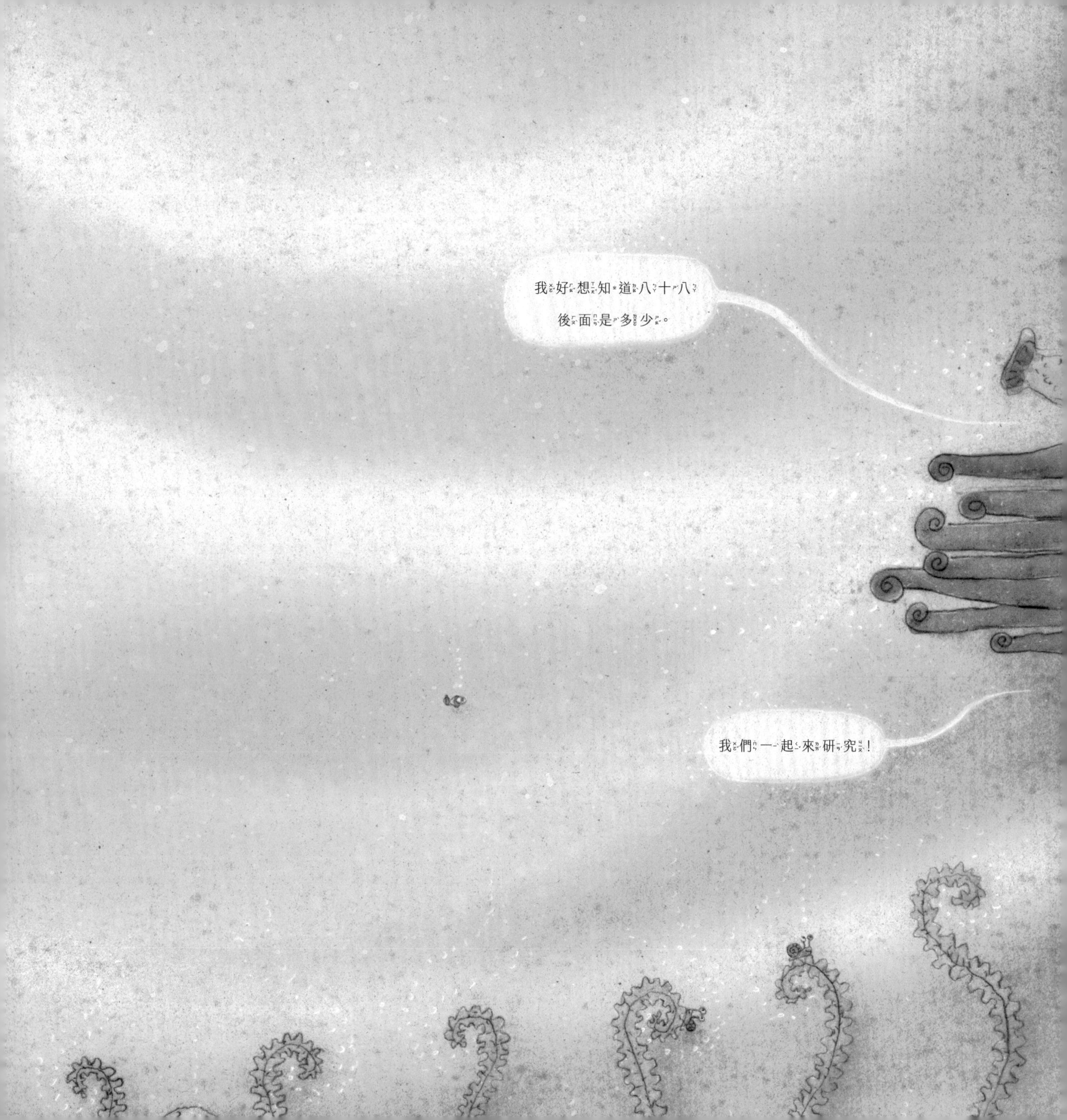
我好想知道八十八後面是多少。
我們一起來研究！